中 国 好 诗 歌

时间的镜子

龚志坚 著

内蒙古文化出版社

图书在版编目（CIP）数据

时间的镜子 / 龚志坚著 . — 呼伦贝尔 : 内蒙古文
化出版社，2023.4

（中国好诗歌）

ISBN 978-7-5521-2181-0

Ⅰ . ①时… Ⅱ . ①龚… Ⅲ . ①诗集—中国—当代
Ⅳ . ① I227

中国版本图书馆 CIP 数据核字（2022）第 217919 号

时间的镜子

SHIJIAN DE JINGZI

龚志坚　著

责任编辑	那顺巴图　李　辉
封面设计	鸿儒文轩·末末美书

出版发行	内蒙古文化出版社
地　　址	呼伦贝尔市海拉尔区河东新春街4 - 3号
直销热线	0470 - 8241422　　**邮编**　021008

排版制作	北京鸿儒文轩文化传播有限公司
印刷装订	三河市华东印刷有限公司
开　　本	880mm × 1230mm　1/32
字　　数	100千
印　　张	10
版　　次	2023年4月第1版
印　　次	2023年4月第1次印刷
书　　号	ISBN 978-7-5521-2181-0
定　　价	68.00元

第一辑　春风吹开了柴扉

第二辑　时间的距离

第三辑　时间的镜子

第四辑　诗歌后花园

第五辑　向秋天借用一个比喻

第六辑　短歌行

第七辑　往事如风

第八辑　有阳光的下午

第一辑

春风吹开了柴扉

今天的阳光

阳光与风

仿佛一个人的福气

落满掌心

仿佛置身玻璃房子

倾听，阅读

或者在怀念中转身

想起一个人

很久了

她一直就在内心

用花瓣喂养蜜蜂

春天已远

但孩子伸出手指

告诉我，今天的阳光

比夏天更加完整

花　事

当我乘坐春天的列车
从冬天起身返程
田野已遍地风流
油菜花　皇室血脉的孤儿
在众花的赞美声中
保持着黄金般的缄默

村庄　割草少年遗忘于田埂上的篮子
贫穷的旧衣衫挂在上面
江水像一把弯弯的镰刀
丢弃在篮子旁边
泛着清冷的光

黑暗中摇曳的油菜花
多么像我们不曾褪色的本性
而渐渐逝去的花香仿佛在说

一些人值得怀念

一些事物不得不放弃

春风吹开了柴扉

意气风发的书生

行囊在肩，大步走在大地上

春天啊，你的理想是要同穷人一起走遍天涯

江水微澜，像你在轻轻翻动书页

油菜花亮了起来

你随意坐在江边的石头上

轻轻吟诵着这个季节最美的篇章

这是春天

这是春天
一年中最美好的日子
我可以打开窗户
让阳光直视无碍
随意翻阅冬天的诗稿
而我在这真实之外
恰似植物的悲哀
身临其境
却全然无法想象
仅仅那么一夜
已生活在另一季节
更远些时候
花会开遍每个角落
我可以走进阳光
接近平常的事物
或者翻动诗卷
更换姿势

继续我的阅读

而现在玻璃镜反射着清晨的微光

它带来的自由和向往

会波及一生

短暂的回归

事隔多年

我们又坐在一起

看着站在雨中的铜像

一点点经风雨的剥蚀而暗淡

屋里飘满紫丁香味

屋外的街景已陌生许多

我们还能认出过去的出发点

只是不再激动

和平的年代

人们不再谈论英雄

他们至多是屋子中央的摆设

经老保姆多年的擦洗发出暗光

直至今日再次坐在一起

默默打量自己的出生地

悲哀经不起时间的考验

我们都不纯粹

我们是城市枝头结出的果实

一半红润一半青涩

祖祖辈辈有人追求完美

摔得粉身碎骨

另一半才被阳光照亮

注定我们也会往下跳

不只为了完美

也为了爱情

为了一次短暂的回归

在江油

夏日黄昏
隐约的歌声仿佛来自小城的深处
陌生少女循着跳动的节拍走过街道
空气中弥漫的气息
竟与我童年的江南一脉相承

物质年代
诗歌已无法使小城居民倾心
而我却听命于内心的安排
在小城一隅热爱着诗歌
并以此表达对生活的敬意

昌明河畔
月亮悄悄爬上李白塑像的发梢
满河碎银　一地乡愁
此刻　客死他乡的诗人
是否带着诗篇驾鹤归来

故乡端坐云端

空气中似乎有了故去母亲的体温

在诗歌中眺望故乡　怀念亲人

仿佛雪落肩头

不着痕迹　又无处躲藏

李白故里

油坊街，位于江油标志性建筑

太白像后面的一条老街

破败　肮脏　嘈杂

历经风霜

偶尔马车经过

扬起的尘烟

加速了老街的衰亡

李白是这个城市的骄傲

农业是它的核心

在江油

写作诗歌更需要勇气

油坊街尽头

正值壮年的李白

左手背后

向上托起的右手已松开

隔夜的残酒从指间悄悄滴落

一群孩子在雕像旁的草坪上
背诵着爷爷传世的诗篇

我厌恶油坊街粗俗的外表
却见喜于它的从容与厚重
走过油坊街
仿佛走过一段尘封的历史
在唐朝
李白是一个时代
在江油
李白只是一个远游的少年
从青莲走到了长安
贯穿古今
照管过少年李白的风
已在诗仙的诗篇中滋养千年
而今吹过油坊街正午的废墟
旧的事物终将被推倒
这是城市的信念
在太白像伟岸的身后
油坊街被重新定义

明月依旧

诗歌的精神依旧

诗仙将在昌明河中现身

致石头或自己

这是一条干涸的河床
几十年来　那里的石头
像一群孤独的羊群
卧伏其间　始终如一
偶尔在雨天
它们摇晃的身影不堪一击
点滴的忧伤流出粗糙的皮肤
也许它们就这样丧失自信

走近石头孤独的梦境
看见牧羊女瘦弱的背影
以及路边蔓延的羊齿状植物
谁轻轻吟诵旧时的诗歌
在五月的麦地尽头
或明或暗的灯火下
误以为是命运

也许石头习惯现有的生存方式

正如我惯用烂熟的词语表达自己

而满天星星点点的光亮

更远处动人细节

总被忽略

今夜被想象放逐的灵魂

重新归来

急促的马蹄声

绕过五月的麦地

自远而近

惊扰了稻草人苍白的梦境

此刻　一星灯火

慢慢靠近

毫无表情的石头

正对我耳语

他们的劳动

早晨两个农人走出村庄

因为相距太远

无法看清他们的表情

甚至村庄的轮廓

他们的四周

是金色的稻田

他们弯下腰

阳光照亮他们忙碌的身影

以及远远的家

他们的劳动

使日子变得美丽

人们能够谈论生活

滋养爱情

这时刻

我想起浪费过的每一颗米粒

他们终生热爱的粮食

在他们面前

我的诗句近乎无知

引　渡

真有一片海无法逾越

昨日波浪逝于前方

今日之我茫然海滩

问于谁？磷火疾走礁石凄凄哀鸣

沉船如箭之桅刺破苍穹

圆月应声而落

只因一个构思未能如愿

一种预感使我出走

又回归

当一缕飘香之风

吻于海。多情之波荡漾爱之花瓣

有手冥冥中如期伸出

快速抚过琴键

悲壮之音蓬勃而起

我满含泪水之眼

倒影出一个伟大时辰

风帆乘风驰来

太阳之鸟崛起桅杆之顶

那是灵魂之鸟呵

红色羽翼有力扇过海面

抚琴之手将我悄悄引渡

雨　季

雨季提前来临

昌明河上烟雨迷蒙

遮蔽了许多难言的心事

白鹭像绅士一般

在河边悠闲地踱着方步

当越来越多的白鹭

飞临人类的生活

亲近我们

面对曾经的罪孽

我们如何偿还这份情义

宁静的日子

我们准备好柴火

秋天已悄然而至

然后是冬天

我们是否学会了在寒冷中相互取暖

献　歌

巴黎协约地铁车站

热爱中国文化的庞德

头戴黑色礼帽

信步走在梨花般缤纷的意象里

今天，我从诗篇中走近你

在满是书卷的桌上

看见你勤奋的一生

还有同惠特曼签订的合同

几根白发掉在稿纸上

像太阳的光芒

在你祝福的土地上

看见光侵入植物的辉煌

透明的思想

使植物无限生长

老伙计，我曾无限地热爱你

现在却要向你挥手告别

书生的日子

请给我想象和浪漫
让我远离闹市
粗茶淡饭
拥有伟大爱情

请给我粮食、盐和马匹
让我走近书籍
青灯黄卷
慰藉贫寒一生

请给我纸和笔
让我背负苦难
激扬文字
磨砺人生品格

书生的日子
被清风轻轻吹起

冬日即景

冬天来临，候鸟去了温暖的南方
而更多的鸟儿留了下来
像我乡下的穷亲戚，哪也不去
留在了村庄，日出而作，日落而息
沉默或者歌唱

阅读雪

整个冬天

我都在房间里涂抹风景

即使想象已悄然褪色

因为寒冷

我拒绝了雪花

甚至整个冬天

当风从森林中带来冬天的消息

雪花的光芒正在挑战我的良知和勇气

不论是否在意

雪一直就在窗外静静地下着

像祖母的目光

穿越天堂　触及脆弱的内心

这弱小的力量

我心底坚持的信仰

以自身的力量呈现美

今天，我放下纠结了一冬的心事

推开门走进雪地

雪花伸手可及

这风尘中飞扬的盐巴

让尘世变得明净　简单

我的伤口在疼痛

欲念无处藏身

最后，被她轻轻击倒

下雪天

雪下着
苦出身的孩子
流落人间　终老一生
思念落满了山岗

雪下着
雨的表亲
穿越冬天的马厩
打湿了喂马人的衣衫

雪下着
白色的火焰
燃烧在村庄的寂寞里
照亮内心空空的守夜人

哦，一朵朵雪花
仿佛远嫁他乡的妹妹

在情人温柔的怀抱中

痛痛快快死去

你来了

你来了，那么突然
我不知该用什么方式
迎接你，打开紧闭的房门
请你进来，你故意躲起来
满眼都是你的身影
却无法拥入怀中

在神的故乡长大的少女
多少人想娶你回家
你宁愿化作一滴水
与冰清玉洁的众姐妹
长相厮守

因为你，这个冬天
天鹅放弃了飞翔
孩子们拒绝想象
在家中，围着火炉

试着给春天写一封

长长的信

小令：时光

昨夜。小酌，大醉
春雨爬上东窗
书中人潜入梦里

今天。除尘，读书
阳光落满庭院
我独享这份荣耀

明天，正月十五。上班，待客
明月照亮门楣
提灯少年回到家中

从此往后，日光渐长
我与你在园子里种花
平平常常，如影相随

简单的快乐

在郊外，深居简出
学习观察气象，辨识花草
学会倾听，让日子慢下来
慢得如门前经过的 2 路车
有一些人下来，另一些人上去
从此再也不会相见

在郊外，学会热爱这里的一切
村庄、狗吠、渐渐稀少的农田
试着与提供粮食、蔬菜、水果的农民交谈
分享他们劳动的喜悦
学习他们对贫穷和疾病的积极态度

在郊外，有时候
走在小路上，听见少女的笑声
自林中升起，惊起一片鸟鸣

我惊愕，在贫瘠的一角

有着如此简单的快乐

我的女人

野草遮蔽小径
我的女人，在花园中
除草。秋雨打湿她的头发
她的平静、坚持，让我相信
我内心的杂草，也在某个夜晚
不经意间，被她悄悄拔去

八个诗节

1

不明白为何把你惦念
惦念你的背影和美丽面庞
你的骄傲令花儿失色

2

没有来由，仿佛夏天突降雪花
让习惯的嘴巴哑然
像一个失落的梦，重新爬上额头
难免头重脚轻

3

你和操着各种方言的姐妹
散落在城市的各个角落

你们的光芒使整个小城侧目
让腐朽的更加腐朽，让温和的变得极端

4

找不到最美的词，赞美你
你的出现加速了我的失语
我不想打破此刻的宁静
在想象中沉沦

5

不可救药的美，与情欲无关
你的虚幻，你的不可知
令人如此的不甘
桃花似乎有意袒露，你的身世

6

我诅咒春风，这发情的机器
使柳树充满万千风情
街道变得暧昧。谁在这个午后

无端地怀旧，欲言又止

7

你消失的地方，白云浮起
更多的人在此转身，沉默，生活
像一张张边缘揉皱的纸
被风吹得跑了起来

8

阳光使万物蒙上虚幻
我追不上你青春的节奏和步伐
卸下虚伪的道德观
在文字里悄悄把你惦念
直至彻底忘却

陌生令我对事物充满敬畏

去年留下的柚子
有着一张张相似的脸孔
既不给人希望，也不令人失落
仿佛此刻的孤独
挂在黄昏枝头

你从屋中出来
看见春风中奔跑的小狗
乡村的背影已渐渐模糊
我与你相视一笑
那黄昏中深藏的秘密
我们没有力量说出

途经普照寺

正月初一，去北川新城
途经普照寺，红墙内香火缭绕
诵经声如水漫延至寺外

一匹白马，立于寺外草地上
安静如石头，失去骑手的马
被周围草木苏醒的欲望惊呆

阳光热烈，你走出寺门
伸出双手，在信仰抵达不到的地方
触摸到早春稚嫩的肌肤

枇杷园

一条小径
通向枇杷园的后面
站在公路边，你看不到农舍
只有园中蔓延的杂草
簇拥着一片潮湿与宁静

清晨，几个民工
戴着安全帽，从园中走出
你不知道，他们什么时间归来
树林遮蔽了他们的居所
以及大部分的生活

偶尔，比如黄昏
也会有一只野兔
跑出，又闪电般消失
它仿佛来自隐秘内心

你一直想走进林中
将它找寻

麻　雀

春天了，柳枝柔软
麻雀收拢翅膀
坐在昌明河边的栏杆上
河水照亮它们或明或暗的内心
对于我，它们是一群会飞的鸟
对于河边柳树，它们是一群房客
而对于整个春天，它们只是匆匆过客

游得最远的人

风平浪静，海滩上的人

或坐，或躺，不怕冷的

直接跳进海里，成为一条鱼

更多的人，与我一样

来到海边，只是发呆

或者，坐在礁石上

与白云对视，将心中的疑问全部抛向大海

不断有人从海里出来，像找到了秘密

浑身湿漉漉，心满意足

其实，我的身体里也有一片汪洋

没有风暴的日子，常常一个人

在里面游来游去，成为那个游得最远的人

旅　程

经过山谷和村庄，穿越晨昏
火车，停靠在无名小站
没有人上下，月台上空空荡荡
只有车厢内的倦意和歌声在继续

我细数熟悉的地名
默默收集一张张陌生的面孔
内心的一缕宁静，像此刻的炊烟
全部馈赠给了夕阳

左边是江水，右边是农田
树木纷纷倒向群山的怀抱
仿佛运送我抵达的
不是长长的列车，而是流转的风景

昨日，秋风来过

昨日，秋风来过

桂花落了一地，有人抓紧采摘

自酿桂花酒，冬天时招待客人

也有人只是闻香

听见了火车的汽笛声

想起明月照耀下的江南

天有了凉意，抖落一身名利的桂花树

清瘦如书生，也许

它的心中也有一个清澈的故乡

我已习惯靠近乡村的生活

以麻雀为邻，有一道路

通向江边的玉米地

没有欲念的树分立两旁

这样的夜晚，我会熄了灯

悄悄关上门，来到秋天的田埂上

听秋虫在草丛中练习合唱

然后，回到室内

点亮灯，以真实的方式爱身边的亲人

第二辑

时间的距离

朗读者

春天的房间里，虚位以待
油菜花早早搬来了蜂鸣
你却在河边，寻找神秘绣娘

河水藏起刀锋，三千里的月光
只为了与一枚桃花的目光相遇

你有明镜，兀自照耀
我有春风，任我驰骋

即使成不了这个季节
唯一的朗读者，也要在三月的字里行间
掀起波澜

日　子

我喜欢站在阳光下

做一个透明的人

白云一样的内心

没有野心和计谋

仅仅想用鹅毛笔

在毛边纸上

写出有阳光味道的诗句

或者画下一个真实的自己

多情，怀旧，节制

我一直怀揣着一份渴望

在与生活的错愕中

期待与萨福的邂逅

我明白太阳不可能每天都有

在阴天

我会把收藏于内心的阳光

释放出来

让它继续温暖我的生活

有时候，我不明白
一只暮气沉沉的鸟儿
站在阳光的树梢
是如何安排余下的时光

对一只虫子的阅读

一只虫子对人类的入侵

始于一次大胆的阅读

身披浪漫主义外衣的

小小冒险者

企图篡改自然的法则

或许因偷看了书中秘密

而被风囚禁

像一个标点符号

成为文章的一部分

匍匐的灵魂

在段落中发光

满页的文字

如星星在天上闪烁

真理并不遥远

虫子似乎找到了

打开秘密之门的捷径

书外　秋深了

同伴的歌唱，从未停息

直至天亮

在冬天

阳光透过落地的窗户照进来
我们围着炭火，相对而坐
述说陈年往事。外面有久违的鸟叫声
欢欣而短暂，仿佛不属于这个季节

此刻，山中积雪在融化
冬天的血液，流出洁白的肌肤
慢慢结成冰，融为一体
又在错愕中，指认彼此的存在

仿佛你我，从陌生到熟悉
最终成为一家人
此刻，阳光落进茶水中
像一杯鸡尾酒，我们一饮而尽
顿时醉了

起 居

今天，一只陌生的鸟儿

来到花园里

站在桂花树上鸣叫

它天生一副好嗓子

圆润，清澈，透明

疏远了马路上汽车的叫嚣和市井的嘈杂

我在桂花树下，安心地培土、修枝、浇水

停止了与你的争吵

月 亮

你默默走过我的窗口
从夏天到秋天
仅仅是一次呼吸的距离

即使隔着天空灰色的秋衣
也能听见你
在叶尖上心跳的声音

整个夜晚
你一直保持着透明的姿势
暗暗祝福每一个夜归的人

时间的距离

从江油到绵阳，只是半小时的车程
另一个方向，从江油到平武，却是一路崎岖
已是深秋，季节在这里拐了个弯

落叶叠着落叶，仿佛叹息重复着叹息
整整一天，我在一张纸上
反复丈量着距离

再转一个急弯，秋雨就会停息
我用词语缝制衣服，抵挡山中袭来的寒意和寂寥
听见时间的快马，在门口驻足半晌，又继续前行

除 草

花园中，姑娘们在除草

身旁的紫薇花

从容而平静地开放

她们说笑着

弯腰垂下的乳房

仿佛黄昏中的太阳

使整个花园动荡起来

远游的人

打谷子的人，像一群鸟
停留在田间

雨水近，秋意浓
疲倦小鸟，栖息在屋檐

小小邻居，旧衣裳披在身上
斜插在妇人云鬓的玫瑰已经褪色

远游的人，在自家门口
低下高傲的头

透明的孩子

一群透明的孩子，涌进来

挤得屋子满满的，女主人系着围裙

在她们中间忙东忙西，快乐得像个女王

而我，那时正在写信，毫无准备

一次次起身，想让秋天的风把心事吹得再远些

秋

像一名隐士
从到达的高度降下来
躲进菊花和酒
赏竹林上的一片月色

像一封封家书
落叶从天而降，在老去的时光里
触摸到这个季节
仅有的深度和温度

像一个侠客
捂着一颗滚烫的心
在风中咳嗽
然后，策马走过群山

秋风起

删繁就简，你不经意落下的一笔
是我梦中的山山水水，我已决定
马放南山，追随你到此

我与你，两个好兄弟
坐在秋天的门槛上，推杯换盏
豪气万丈，一决高下

没人在意，那个在江边磨刀的人
收割完玉米，独自顺流而下
悄悄带走石头的影子和夏日的尸骨

速　写

秋天深了，鹰的羽毛在脱落
农夫坐在炕头
望着墙角堆放的收成
抚摩受寒的关节
不言不语

肖　像

秋天，有一张长着雀斑的脸
一双劳动的大手
有丰腴的身段和结实的臀部
哦，乡下的大表姐
短发齐整地束在脑后
已被汗水打湿，挎着的篮子里
装满了南瓜、核桃和梨儿
今天，她笑吟吟
站在我家的门口

细雨的呐喊

归于平静，细雨在屋檐下呐喊
劳动创造价值
学会飞翔的人，迷恋隐身术
寄情于山水
一位女子，掸尽烟尘
自酿桂花酒，在恋爱中度过一生

在青岛

一滴雨奔跑的样子，是我奔向你的姿势

一千多公里，一份渴意，让旅行变得简单

如同回家，不需要借口，推门而入

在铺着蔚蓝色桌布的餐桌上，分享你准备好的晚餐

今夜，你疲倦了，如同年迈的父亲

你沉重的鼾声，在隔壁响起

我悄悄掩上房门，想拖走你庞大身躯下

晃动的不安

雨中奔跑的人

那个抽烟的人，在雨中奔跑
像一朵枯萎的花朵，从春天的国度抽身离去
湿漉漉，大口地喘气
我们在街头相遇，默不作声
在雨中，你有小悲伤，我有大爱
你我擦肩而过
一同消失在黄昏的尽头

桃花山上，等桃花

更深的痛苦，来自一场误会
路途并不遥远，只是隔着一场春雨
我欲借来两天阳光，换你一身芬芳

站在桃花山上，整个春天
在我的胯下

骑鲸的孩子

他是个穷孩子
跟着白发的祖父
骑鲸，在海上捕鱼

他想念家乡，思念亲人
在梦中，常常听见
故乡上空，星辰崩裂的声音

他哭了，跟随风的千军万马
回到家乡，爬上树梢
高声呼喊，未曾命名的姓氏

一夜之间，村里所有的人
都接纳了他，血管里
流着绿色血液的孩子

老友记

很奇怪，在我诗里一再出现的鸟儿
今天，它又出现在下雪的窗口
有时候是麻雀，或者画眉
有时候只是一只鸟，叫不出名字
像一位久未谋面的老友，打一声招呼
然后，匆匆离去

迷 惑

小小的情人
不知你在哪里
或许很遥远
或许就在身旁
花一样盛开

你不会知道我
我们的船还在各自的水域
寂寞地航行　黑色的辽阔呵
没有灯光照亮共同的航程

你茫然
我茫然

美的囚徒

在生活之上
风吹落花的思想
在生活之下
我是美的囚徒

雨 果

雨果，一个法国人的名字
让我想起淡绿色桌布上
一只金黄色的橙子
年少时代
世界小如一只橙子
它的光芒照亮了
我全部的想象
很多年过去
这名字依然温暖着我

火　车

火车的轰鸣声
从梦开始的地方升起
在灯火阑珊处
归于沉寂

惊醒的昆虫
失眠于树叶的吊床
尖细的叹息
惊落一地水珠

雄性的火车
穿越受孕的大地
穿越梦境
我却没有梦见它

初　夏

阳光淡淡照着

红色的墙面上

树影婆娑

像一段模糊的心事

没有人在说话

只有风轻快地跑来跑去

轻轻叩着我的家门

穿白色碎花睡衣的女人

身段优美

静静地立于对面的阳台

怒放如兰

被阳光照亮

被想象灼烧

若干年后

会有一位年轻的女子

优美地站上阳台

并轻轻呼喊我的名字

为了这一天
我要珍视现在拥有的
贫穷和空虚

自己是只鸟

几日阴雨
心绪如天空般阴郁
今早，从梦中醒来
身体已被热烈的阳光浸透
竟浑然不觉
拉开溅满雨迹的窗帘
阳光纷纷扬扬
鸟鸣起起落落
我不由想起
童贞的年代
自己也是一只小鸟
现在长大了
却不属于任何一类
只能远远地听着亲切的鸟鸣
鸟儿匆匆飞掠而过
不能预卜它们去的地方
我所能想到的

只是一个人或一个结局

在一个地方等候

已经多时

我也该远远地飞去

蚂　蚁

在太阳下散步

或者倚在石头上

享受一天的宁静

即使在春天也显得孤独

更多的时候

它们喜欢在集体里生活

共同驮来暮色

或者运送粮草

风雨到达之前

准备好口粮

像一列灰褐的火车

穿越城市边缘

没有什么可以阻挡

前进的步伐

它们弱小、快乐

与我一样

对前途有些迷惘

却始终抱有热切的愿望

乡 亲

北方的乡亲

什么力量洞穿了渴望

山梁贫瘠，河流枯竭

你们世代沿袭祖辈的生活方式

种植玉米，供奉祖宗

抬头望天

牛羊侧身而过

晒黑的光背生就吃苦耐劳

秋收季节

马打响鼻行走黄昏

并不沉重的收成

你们已经满足

闲余日子

你们和众多子孙

围坐土炕

共唱一首信天游

第三辑

时间的镜子

时间的镜子

在天上疾跑的，一个叫太阳，一个叫月亮
在尘世奔走的，一个叫男人，一个叫女人

时间的镜子里，我们彼此看不见自己奔跑的样子

有时候，太阳和月亮
像我们一样，坐在云的山坡上，收住了光芒

时间的镜子里，我们意外看见了闪电

姐　妹

你的脚步比风还快

在太阳下山之前，赶回村庄

在贫穷中长大的姐妹

安排好晚餐

又在月光下编织冬衣

听惯秋虫隔夜的絮语，却没有人对你

说出赞美的话语

整个秋天，你忙碌的背影

如菊花开满山冈

而我无所事事，像一只麻雀

无所寄托

唯一没有遗忘的是

你小草一般贫贱的名字

桃　花

举起粉红的拳头
一次次，愤怒地砸向寒冷
仿佛在说这是冬天最后的溃败

在春天的国度，你和我
仅隔着一腔热血，如同兄妹
手足情深

一切安排妥当
儿女情长，你是这场盛事的主角
从你身旁走过，看见蜜蜂对着你耳语

白日梦

时令尚在春季，夏天已来势汹汹
我们不必过分担忧，一切皆有秩序
春、夏、秋、冬，四个房间内
居住着脾气各异的四个女孩
我们的女儿，正一天天长大

我们无法阻止黑夜的来临
内心的火焰，也从未熄灭，继续照亮着前行
花园中的紫藤，迟钝的触角
绕过窗台不断延伸，连接更为广阔的天地
桂花树落下的影子，一分为二
彼此交错，彼此覆盖
佛你我孩童时的白日梦

端午随想

粽叶微香，剥去外衣的粽子
放在加糖的盘子里
又是一个节日，我一直寻找着传说中的真相

餐桌上的蚂蚁，执着于口腹之欲
在现实的门口，来来往往
一点点蚕食我的想象

历史如夏日透明的衣衫
穿在两个人身上，有着如此的不同
当我说出疑惑
如微风吹开衣襟，颠覆了你的形象

来 信

一封封，寄自秋天的信
由风的信使，投递到窗前
我们在树的中央坐下，慢慢阅读
没有多余的客套和寒暄，内容简洁，字体潦草
段落中间，有麻雀飞过，有昆虫鸣叫
结尾处，雨水似乎有意模糊了表达
这是爱吗？

后 海

湖面上，荷花开得正艳

有人垂钓，有人在练习划艇

其中一只翻了，三人全部落水

我一直在想，历史是否也是如此

一些被我见证，更多的不甚分明

如现在，坐在三轮车上

沿着湖边，听车夫一路评说

九　月

九月，天气转凉
忙碌后，终于可以平静下来
取出书卷，拂去灰尘
让阅读成为生活的一部分

风，从夏季一路吹来
从书外吹进书内
堆积的落叶，像褪下的虚饰
更像一个人犯下的错误

我试着以新的姿势
拥抱生活：散步、幻想、工作
在秋天，桂花的香味
是另一种心情

野　花

野花，乡间的野丫头
拥挤在一起，看春天的帷幕渐渐拉开
野花，出身寒微的小姐妹
贫穷没有让她们却步
以风为马，努力成为一名出色的骑手

脱下冬天的外衣，在梦中
学习乡村的方言和礼节
把纤细的手高高举过头顶
期待少年的一次远游

呵，太多的抱负
远方不再遥远，成长也不再孤独
她们坐下来，尽情为自己鼓掌
因为激动，她们的小身体不住地颤抖
因为激动，她们的双唇始终缄默不语

第一场雪

你来的时候，我正沉湎于往事
一言不发

这是下午三点
土豆在厨房的角落发芽

谁偷走了我的衣服
冷啊冷

火车站

方言的集中营。每个人嘴里
跑着一列返还家乡的火车

老人与狗

庭院简朴，柚子树散发着清香
地震那年，老伴去了天堂
留下他和一条狗，在尘世结伴而行

村里的年轻人和核桃树上的麻雀
越来越少，他不明白
亘古的春色，为何留不住这些会飞的孩子

他把疑虑藏在心里，焐热了
慢慢说给山上的石头和松树听，春天一到
漫山遍野的野花，成了他的知己

农闲的时候，老人来到山上，把先人们
从石头里喊醒，敬酒、敬烟、说笑或者沉默
狗温顺地趴在一旁，人世间的悲悯，它已懂一二

贫穷、疾病甚至死亡，这些人生路边的荒草和荆棘

老人轻松迈过，现在他终于可以放下农具，坐下来

暮色中，一条大河引领着万物，绕过他的家向东而去

一个人

——谨以此诗献给留守儿童

一个人爬山

一个人读书

遇上好天气

一个人骑车

一个人看火车

一个人坐在大地上

一个人的孤独并不可耻

骑　手

虚弱的白雪　　旧时的疼痛
静静燃烧在五月的尽头
阳光的金甲披在马上
时间的刀枪不入

昨夜的篝火已经熄灭
木楼门虚掩
院子里空空荡荡
商业的味道却依稀可闻

注视着河水的骑手
谁偷去了他的鞭子
褴褛的牧羊人
安静地坐在草地上

远离了内心的火焰和纷争
河水一直在时间之外静静流淌

一队蚂蚁在乡村公路上悄然前行
庄严得仿佛一次长征

时　光

缓缓流淌的涪江，大地的诗行
你要颠覆谁的想象
江边的巨石，仿佛隔世的知音
永远以一种固定的姿势在倾听
面对春天中语言的暴力
沉默了一个季节的树木
终于大声说出了内心的渴望

春雨外面
白云仿佛要拂去时间背后的积尘
沉湎于酒色的工匠
用迟钝的刀斧打造着鸟儿的皇宫
蝌蚪想获得力量，挣脱尾巴
从水里一跃而起
成为骄傲的青蛙

节　日

九月，川西坝子
洒满谷物，苍茫大地
我内心的欢愉，在阳光下
是如此绚烂

谁在枝丫间挂满了灯笼
莫非花的国度
也有一个盛大的节日
只是我叫不出名字

多美啊！夜凉如水
秋虫像一群主妇，避开俗事
在挂满灯笼的门口，窃窃私语
只是不等我听懂，她们便消失了

距离冬天还有些日子，乡亲们提前珍藏好
粮食，这些人世间的宝石

我会扫去阶前的落叶

将悲伤的羊群，赶回山中

山居笔记

雨季漫长。昨夜的一场风暴
使涪江重新获得力量
从上游，一路冲决而下
命令我们，在一个叫江油关的地方等候

我们溯江而上，行至危崖处
太阳，一颗滚烫的心
从大地隆起的胸口，缓缓落下去

江水混浊，看不清其中的波澜和沉浮
仿佛此刻谈起的人生
咆哮的江水，一次次
淹没了我们的豪言

在电站大坝前
我们与江水一同

停下脚步，谈起乡村的沦陷

以及生命旅途上的滑坡和泥石流

三只鸟和一首诗

院子的桂花树上，一只鸟在唱歌

另一只鸟正专注地整理羽毛

更小的一只，则站在枇杷树上

独享金色的果实，如相亲相爱的一家人

我从树下走过，也没有惊扰到

它们的生活

现在，不等它们发现

我已回到屋内

写下这多余的诗篇

散　曲

——兼致友人

天气真好，云淡风轻，带上弹弓

去爬山，恍如少年，打鸟只是一种假设

路边蔓延的野菊花，开得正浓

像我喜欢女人的盛年

阳光下，没有人去细察

一滴雨的孤独还将延续多久

只是再过些日子，雪在城市的周围

落下，模糊远游的想法

我会像动物一样躲进山中，掩去踪迹

度过一个属于自己的漫长冬天

晴好的天气，我也会悄悄来到山坡上

想念你们，或者只是晒晒太阳

以免诗歌的翅膀被打湿而长出厚厚的青苔

养马峡

在养马峡，避暑的人
在水中发光的鹅卵石上，找到了童年
却无法从林间，牵回一匹马

那尾藏在石缝的鱼，更像生活在这个时代的居士
为躲避世人的目光，宁愿独自逆流而上
而欢快的溪水，源源不断捎来群峰清凉的问候

啊，夏日盛大，但已近尾声
我惊讶地发现，密林深处
时间之驹，正静静地啃食着阳光金黄的叶子

在山中

在山中，流水送走夏天
迎来秋天
忧伤是多余的

在秋天的山中，鸟兽四散
山水清瘦
肥胖的肉体是多余的

在山间的午后，我们试着谈论
诗歌、女人和酒
时间是多余的

日复一日，年复一年
寺庙里的诵经声，如石上清泉
高谈阔论也是多余的

雪夜，送别友人

一朵花的诱惑，会不会大于一滴雨
或者小于一个词
在唐朝诗人的诗中，有人无端着急

青石之上，有月光，也有良宵
在雪夜，送别友人
雪花铺天盖地，枉论你我

诗卷在右，功名在左
这样的时刻，定有素衣僧人，手持扫帚
一遍遍打扫内心的庭院

内心生活

此刻，从我的位置

离大海，至少一千七百公里的距离

最近的湖泊也有上百公里

但我的内心起了波澜

即使黄昏，风速减缓

我仍被掀起的波浪打湿，像一个渔夫

湿淋淋，拖着渔网回家

而我披头散发的女人

在门口，已等候多时

寒　流

我是逆着风的方向走的
风不大，雨与我反向
在早春二月，我竟无意触摸到了
冬天的肌肤
敏感，粗糙，没有温度
像一块石头
而我像坐在石头上的人
左顾右盼
打听着春天的消息

与女儿书

拉着你的手
先是走过一片葡萄田，再是橘园
沿着弯曲的小径，便到了池塘
你扔下一块石子，惊起几只水鸟
不一会儿，我们爬上了山岗

山坡并不陡峭，也不平坦
两边的果树，在寒意中
藏着秘密，山村静穆，江山如画
劳动是它最美的部分

我与你，指指点点，如沐春风
其实春天已在身边，我们却没有察觉
松开你的手，往下走
不一会儿，已到达山下
现在我们肩并肩，走在乡村公路上

第四辑

诗歌后花园

格桑花

在湖边，我与一群花儿
在秋天的尽头
不期而遇

风的马，就拴在湖边的林子里
咀嚼着落下的宁静，而她们围着湖水
忘情地唱歌，跳舞

我向路人打听她们的名字
在九月，在靠近诗歌的地方
没有比这更美的事物

不敢确定，刚才遇见的三个喇嘛
是否听见了她们的尖叫
悄悄下山来看热闹

初 雪

风赶了一夜的路

才爬上匡山之巅

天亮后

发现山顶上的树

已白头

他后悔来晚了

不一会

阳光照亮整个山岗

世界又恢复本来的模样

而那个在山崖上

刻下"山盟"的人

早已下山

冬 日

农人将劈柴

整齐堆放在门口

准备过冬

少雨的冬天

树枝放下枯叶

我也学会了删减

删除诗中的形容词或副词

直到露出生活的本质

阳光从梯子上

笔直地走下来

像有人推开窄窄的门

从身后侧身而过

这是多么幸福的一天

今夜的麦子

雪花纷扬

哪儿都不去

温一壶新酿的米酒

自斟自饮

雪地上的一行脚印

是一首诗的开篇

你想你的

雪写雪的

窗外的雪人

一个是童年的玩伴

一个是梦中的情人

今夜的麦子

需要一场大雪

为自己加冕

落 雪

罗汉寺内的雪，并不比其他地方少

寺内干干净净

几个上岁数的出家人，坐在屋檐下

安静地看雪花，慢慢落下来

小和尚拿着扫把

站在院子中央，不知所措

风再大点，纷扬的雪花就落到寺的外面

而后山的油菜花，已悄悄开了

山乡春日

春山如梦，小院大门敞开
主人不知去处？房前的菜地
一垄萝卜，一垄蚕豆，一垄空着
不时有孤鸟欢快地飞过，去了后山
而一群鸟从天空落下来，栖在小院
你一言，我一语
春风，吹得再轻些吧
别惊扰了这些胆小而敏感的孩子
它们正商议着大事
春节一过，它们就要离开家
为生活而奔波

铁树开花

春天来了
所有的花
都要重新开一遍
而不常开花的铁树
在某个夜晚
假装了一次
高潮

油菜花

立春刚过

天空里不时

飘着雪花

山里的油菜花

像乡下的少女

提早发育

她们羞涩地

站在山坡上

拼命地向过往的行人和车辆

挥手致意

春 风

春天的传教士

跋山涉水

来到人间

传播生命的信仰

所到之处

草绿了

花开了

穷人的眼睛

亮了

进山记

一条路，前门进去，后门出来
寻常的路线，贯穿了一个工厂
兴衰的历史。听不见机器的轰鸣声
看不见迸溅的钢水以及公共浴室冒出的水汽
也闻不到食堂大锅菜的香味
通勤车的站台上，空无一人
杂草在蔓延，荒芜
偌大的厂区，废墟一般沉寂
刚刚开春，天气尚未转暖
山上的草木依然枯黄
或许，我来得不是时候
曾经年轻的工厂老了，恍如此刻
我在厂区公路上，遇到的一位老师傅
他弯曲的背影，变得模糊

厂区对岸是农村，江水
如钢厂庞大身躯上的一道伤口

映照着山中日月

而曾经汹涌的江水，被电站大坝拦住

不再咆哮，我知道在那里

深锁着一千只一万只老虎

架一座桥，工业和农业就连接在一起

现在老桥在地震后被拆除

新桥尚在建设，只有厂区后门的一条乡村公路

通往春天的山野，只有山上盛开的野花

宽慰路过此地的每一个人

日　出

太阳从江东

低矮的城中村中，缓缓上升

仿佛它最先从穷人的房顶升起

照亮从黑暗中醒来的人

现在它升至半空，又跳入江中

瞬间，江水如一镬熔化的钢水

而我是那个站在天地之间

手忙脚乱的操作工人

故作镇静

花 农

进城的路上

一辆农用车

满载着盛开的花卉

行驶在阳光里

司机大声地

唱着歌

快乐的表情

让我以为

车上运载着

整个春天

心　事

去年埋下的心事
全部长了出来
漫山遍野
这些被放下的旧事物
轮廓越来越清晰
而我仍是旧模样
对着枝头的春天
喋喋不休

心　湖

阔别多年，打水漂的少年

回到湖边，随意捡起

一块石头，用力一掷

泛起阵阵涟漪

那些虚掷的时光

一圈一圈，重新浮出水面

不管是否在意，往事如水草一般

在暗处疯长，仿佛在跟你较劲

偶　遇

在城市大街小巷
总会遇见
一些美丽的女人
她们似曾相识

若是在黄昏
飞鸟回到树上
你从树下走过
感到莫名的亲切和温暖

仿佛有一盏灯
正从黑暗中升起
你相信她们的光芒
会照亮你的前程

清明祭李白

下着的雨水，肯定不是你的眼泪
即使名贤祠内杂草丛生，地砖湿滑，你诗歌中的那片月光
也会降落在院子里。寂寞身后事
空空的院子里，传来隔壁学校朗朗的读书声

扫去的落叶，不是你堆积的心事，在衣冠墓前
摆上酒，插上菊花，读一首你的诗，或者将杯中酒和月光一饮而尽
我们来自各行各业，血液里依稀有你的回声
走出祠堂，你远去的背影，如风消失在青莲的街头或巷尾

午　后

现在是午后

安静极了，风婴儿般安睡

阳光照进室内

给家具敷上一层薄薄的金色

透明的空气中，一些隐身的事物被照亮

我们能够看见世界的另一面

一切如此安详，好像有人精心安排

外面的树荫中，一只鸟

配合着少女的琴声，练习着歌唱

她们像来自同一个世界

这样的时刻，再长些吧

让我拥有足够的时间

将光芒和鸟鸣，全部装进

朴素的文字

写作的意义

二月，树枝脱下冬衣

我换上春装

蝴蝶也拥有了一颗

斑斓的心

站在阳台上，倾听

窗外的鸟鸣

街上很多人在说

春天来了

来就来吧

年年都如此

只是屋檐下的燕子一家人

还没有归来

没有人告诉我

它们的归期

除了你

也没有人明白

我写作的意义

夜 读

落叶伴着雨水
越积越多
与世界的误会
越来越深

倚在沙发上，读书
长发遮掩了你的半张脸
书中的山河
应如人间情事这般妖娆

在纸上画你
想让你开口说话
你却推开那扇虚掩的门
像一只麋鹿，消失在夜色里

个人写作史

我知道

文字是有温度和生命的

犹如山坡上的羊群

我不知道

是否拥有

这样的运气

天亮以前

用星星的宝石

将它们一一赎回

诗歌后花园

机器的轰鸣声将我惊醒

推开窗，一股青草的新鲜味道

扑面而来，戴草帽的绿化工

推着割草机在剪草

地球的理发师

专注于工作，没有注意到

两只鸽子徘徊在草坪上，不肯离去

一条石子甬道，逶迤至窗前

一直通向，我诗歌的后花园

那里的杂草，已淹没小径

除了我，很少有人抵达

江　水

江水是诗篇中的一行长句

适宜安放山峰的倒影或夕阳一词

而对满面风尘的旅人

在江边，最适合安放的是一块可供歇息的石头

常常看见，那些在外奔波的人

将月光和乡愁，倒入江中

至今，我不敢用江水洗一次脸

钢琴家

第一次，隔着电波听他演奏

我还是个涉世未深的青年

内心迷茫却故作深沉

那时，他已是个不折不扣的钢琴王子

风度翩翩，像一朵蓝色妖姬盛开在我想象的窗口

今夜，坐在九州体育馆

亲耳聆听他的弹奏，激情依然

仿佛时间从未从他身边抽身离去，爱情也从未褪色

从我的角度望去，他背身而坐，是此刻的中心

弯曲的身体随节奏而起伏，却与普通的劳动者别无二致

这样的姿势，保持了很多年

融进他的姓氏和血液，没有人会模仿

这样的夜晚，在一个陌生国度

像个魔术师，他悄悄整理好被冬雨撩起的忧伤

打开了音乐盒子，世界像个孩子

顿时安静了下来

风

风，不是起自河边或山谷
而是来自我的身体
它穿过骨头的裂缝和头发的玉米地
来到梦的开阔地
整整一夜
我都听见它的呼啸
像一头狮子，在体内怒吼

理　由

两头牛，在春风里交配

第一次没有成功

第二次在牵牛人的帮助下，完成生命的古老仪式

欢愉如此短暂，而孕育又那么漫长

春天啊，请给那只哀鸣的母牛

一个不痛哭的理由

绳子的故事

小时候喜欢学着大人的样子

坐在板凳上搓草绳

在小镇，搓绳手艺最好的要数陆天狗

绳子搓得均匀、光滑而紧实

线型之美，无人能比

七十年代初期

绳子用来捆扎稻草，菜蔬

用来捆绑人民中的"坏分子"

而陆天狗将绳子绷成凳面

坐在上面，有稻草的温度和韧性

直到一天，他用自己搓的绳子

结束了短暂的一生

绳子又多了一种用途

那根绳子，在当年一个少年的天空

勒出了一道闪电

生活的意义

我知道，流水会带走一切
落叶，船帆，一个人
平凡或伟大的一生
甚至流水自己

人间正是四月天
公园的草坪上
坐满了孩子和他们年轻的父母
到处是欢声和笑语

因为生活和工作
有时，我的内心也会充满忧虑
但此刻，谁又能阻止
我对美好事物的向往

第五辑

向秋天借用一个比喻

祖 国

自上飞机，婴儿一直在哭
哭是此刻，他对这个世界
唯一的表达方式
当年轻的妈妈
羞涩地撩开上衣，给他哺乳
世界，顿时安静
那块被衣衫遮蔽的地方
是属于他一个人的祖国
他挥舞着小手，吮吸着乳汁
在妈妈的心跳声中，安然睡去
仿佛他乘坐的飞机
先于我们降落

七 夕

今夜，客居贵阳

无事可做

妻子在房间休息

我在酒店大堂

看风景

几个衣着光鲜的男人

坐在沙发上，抽烟聊天

外面灯火辉煌

要不要买一束玫瑰

给她一个惊喜

天空星光点点

牛郎与织女只是传说

我与那几个男人

重新步入电梯

好像一群出来透气的鱼

又游回到爱人身旁

短途旅行

途中，我们一起听歌
你从身后拍去落在我肩头的灰尘

扎进轮胎的钉子
来自一场误会，不值一提

冬天遁身，春天显形
很多事物，还一知半解

景象：村庄或其他

一些景象已经鲜见，比如
村庄背后素净的寺庙
敞开的门户，散养的鸡鸭

黄昏里，飞临村庄的麻雀
也越来越少

我所热爱的

我热爱白天
也热爱黑夜
我热爱春天的热烈
也热爱冬天的萧瑟
我热爱珍惜过的每一天
也热爱浪费过的每一天
我热爱所热爱的一切
它们构成了
我并不完美的人生

往　事

二十年前，与友人聚于西安

一碟油炸花生米，两份蒜泥黄瓜

喝得兴起，忘了时间

出门时，灯火已阑珊

月亮挂在空中，像只发光的气球

我扶着一棵梧桐树，对它傻笑

朋友笑我痴，他们不知道

我在想当年李白醉卧长安街市

吐一口，半个盛唐

为何我一连好几口，吐的全是酒水

回去的路上，听见

口袋里的硬币，叮当作响

一个人的旅行

秋风至，雨水
不过是一个人的旅行
在两个季节之间滞留

假装沉默
没有听见
树枝折断的声音

而灵魂却开始发芽
像少年，在榕树下
荡秋千

唯一的行李
装满了，一些简朴的
鸟鸣

在秋天

草木没有更大的野心
只有一副菩萨的心肠

而我也不再依赖于
一种简单设想，努力
成为一个勤勉的劳动者

私　语

起自河边的风，到村庄为止
她们停下脚步，退隐到暮色里
点亮灯火，在旧日子中
翻阅落叶金黄的经卷

这样的时刻，可以落泪
如秋草放下悲凉
可以放慢脚步，再慢些
如我们年迈的父母，默默承受

甚至可以相信，村庄里的
那些灯火，也会宽恕
我们曾经犯下的错误

向秋天借用一个比喻

站在山坡上，总可以望见山下
一些美好事物的轮廓
在秋天，总会有事物
令人感动，比如此刻
爬山途中，遇见散落的野花

这些没有姓氏的姐妹，只在秋天开放
不知疲倦
我相信，她们一定在等着
某一个人
而我只是过客，恰好经过

希望我是她们最先梦见的那个，现在
我已回到家中，在纸上记下
她们小小的忧伤和我的不安
冬天已在山中，慢慢呈现
任性而冰冷的本性

灰暗的事物

空酒瓶，废弃的报纸
隔夜的雨水，落叶
以及发廊门口的烟蒂、青苔
这些灰暗的事物
在阳光的照耀下
获得了向上的力量
像一阵风，轻轻拂过
生活在城市边缘
卑微的人

光 阴

一条毛巾
柔软地搭在
世界这把椅子上
我多么想坐下来，擦去风尘
将每一天仔细端详
但我得赶路，在黑夜到来之前
寻找到一块铜，把它
打磨成一面映照日月的镜子

我的春夏秋冬
我的喜怒哀乐

早起的鸟儿

早起的鸟儿

在花园中鸣叫

它要告诉我什么

天气、农事抑或见闻

这纯净、清脆的赤子之声

从树上落下来

在太阳中

闪着金属的光芒

我如此近地

倾听它的声音

却浑然不懂

像一个愚钝的人

在一株花前

驻足半晌

然后，转身进了屋子

早　春

没有机器的轰鸣声
只有微风在黄昏的指间缠绕
新年刚过，园子还来不及打扫
堆满了落叶和纸屑
我会慢慢扫去岁月的痕迹

闲置在墙角的农具
与平时一样，表面粗糙
岁月的光辉没有照亮表面薄薄的灰尘
此刻，我与它相隔一米距离
却忘了种花时的相关细节

天空飘着雨丝，天气尚未有转暖的迹象
面对满园陡增的春意，我还要求什么
静静等待夜晚的降临
或者，什么也不说
静待茶花的盛开

花　匠

园中的落叶，有些深了
树卸下肩头的风暴和雷霆
将重托交还给辽阔大地

檐雨点滴的声音
慢慢深入秋天荒芜的前额

习惯了夏日盛大的昆虫
内心慌张，深居简出
它们需要时间，慢慢适应周遭的变化

隔壁的花园，花匠在修枝
仿佛要剪去雨中渐渐加深的寒意

北方，北方以远

阳光笔直，照耀着外表俊朗的杨树
走在旧式俄罗斯建筑群庞大而虚幻的影子里
感到时光的交替。一辆老式有轨电车
凝固在果戈里大街，叮叮当当的声音卡在历史的喉咙

我忘了已是夏日，盼望着一场大雪从天而降
无数只天鹅纷纷落在索菲亚教堂的顶部
但等来的却是一场暴风雨的洗礼。我和一群避雨的鸟
站在肯德基门口的屋檐下，想象当年流亡的俄罗斯音乐家
如何拖着疲惫的身躯，途经此地
努力保持着优雅的风度和对音乐的热爱

作为异乡人，见证了阳光在顷刻间被雨水瓦解
体会到他们内心的痛楚，也是这般被时间一点点消融
雨停了，夜晚比想象的来得早
坐在中央大街的酒吧，在女歌手低沉而舒缓的歌声中
听到整个北方跳动的节奏，摸到比北方更辽阔的夜

童年的广场

阳光来过
一群蚂蚁乘着月色在此小憩
而今只有几个小孩
在风中奔跑

哦，多么懒怠的一天
多么敏感的气候
没有人能说出风的力度和空气的温度

少年托举着蝉鸣
跑过夏日的广场
错把风筝当成了飞机

春 日

桌子上的一杯水
多么像我此刻的心境
热气，在杯子边缘浮起
并慢慢与周围事物融合
直至虚无。去年
穿过的衣服已经发白、变旧
却保持着良好的质地
我仍然喜欢穿着它
在午后空旷的阳光里走走
或者停停，享受片刻的宁静
我因承受不了春日
盛大的欢愉而失语
如同你在路上，遇见的
一株春色中惊心的植物

谣　曲

春天的路上
跑着风，红色的卡车
还有出栏的牛羊
在春风宽广的怀抱里
醒着金黄的油菜花，青青的麦子
还有穿上新衣的小草

匡山的读书台空着
蜜蜂的嗡嗡声
仿佛是从唐朝传来的读书声
莫非我与李白
仅仅隔着一条让水河

浩荡的春风呵
一个独自坐在河边
沉默的人，内心
同你一样

干干净净

无边无际

走过八月

走过八月苍茫大地
秋天，骑虎的流浪艺人
在天空薄薄的纸上
画下收割时分盛大的场景
画下落日的肖像

没有庆典
虫子简单而重复的歌声
仿佛是夜晚唯一声音
如果歌唱是劳动一部分
同样会赢得尊重

如果怀念一个人
试着摸索身边发暗的书信
这些文字仿佛旧时月色
倒影在内心河流上
遥远而迷离

对鸟的另一种观察

三三两两，三五成群

分别属于自己的小圈子，高兴

不高兴都在天上飞，累了停下来

在水塘边觅食，或如情侣并排坐在电线上

喁喁情话。例外的一只在树枝上发呆

一动不动，表情木讷，缺乏朝气

这类鸟很危险，容易遭暗算

常常在树下看见小小的尸体，血迹陈旧

腹腔腐烂，凶手已不知去向

行人有些厌烦，掩鼻躲闪

这是作为高等动物的特权还是鸟的宿命

没有人会关心鸟的生死，它们的行踪

不为人知，更不会有人去细辨这群鸟

与那群鸟的关系，人类有自身的

痛苦与疾病，不屑于这些鸟事。

鸟墨守着内心的规则，在警戒线外

停停飞飞，不远不近

与人类保持适度的距离，仿佛道德自身
单纯的动机与智慧一样令人惊叹。
此刻，一只鸟正站在晾衣架上朝我张望
毛发蓬乱、样子可疑
像一位漂泊多年，不事农事、不修边幅的艺术家
我与它对视片刻，起身相邀
它却径直离去，只留下一片
羽毛，在正午的阳光里
闪耀着白色的光芒

乡　村

一盏盏哑了的灯火
一朵朵依附于树梢的灵魂
经不住夜的诱惑
被情人的嘴唇吹灭
藏于绿色外衣背后的手
轻轻擦拭喜悦或是悲伤的泪痕

绿的更绿，白的更白
站着的黄桷树
分享着内心以外的变故和倦意
五月，雨水使麦芒生锈
空了一年的篮子
重新装满了枇杷和草莓

风吹过来
带来一群淘气的孩子
他们用金色的蜡笔涂抹着田野

而机器的轰鸣声就在村庄的旁边
它们仿佛来自黑夜内部
像一个入侵者企图穿越整个乡村

怀　念

一条鱼，被忧伤的水草缠绕
不言语，不矫情

内心波涛汹涌，外表波澜不惊
虚妄时刻，被暗器所伤

末路上，又有秘密武器
拯救自己

一个中年人的空虚

有时候，远远地想起一个人
犹如此刻，风雨过后
我提着菜篮子，从树下走过
叶子从上面掉下来，鸟鸣纷纷跌落
拐角处，时间的光影在墙面上慢慢移动
知了们叫个不停，但我不会说出一个中年人的空虚

秋　收

秋雨初歇，天气转凉
云雾如放牧的羊群，赶上了山岗
远处的山峦怀抱着湿漉漉的乡村
一片静谧。山下的浮桥
被江水撕开的伤口，不再令人生畏
寄给冬天的请帖
已经写好，等待着邮车经过

关心天气，整理农具
农人成为这个季节最后的主宰
而更多的人依附在稻米表面
忘了眼下已是收割时分
池塘映着天空，农舍，山中岁月
只有胸怀宽广的人
才能容得下周围悄然发生的一切

伤　城

——纪念 5·12 汶川大地震

在这特别的时刻，他们回到曾经的家园
忙着纪念。他们熟悉这里的一草一木
一砖一瓦，这里的一切联接着他们的生和死

地球变小了，小如一张供桌
摆满他们从新城带来的菊花、烟酒和水果
他们通过秘密通道，回到了过去

曾经的泪水，凝聚成珍珠珍藏在记忆深处
或者成为雨露浇灌废墟上的植物
亲人的梦想，在他们脸上开出了花

在药王谷，简读辛夷花

不需要绿叶，内心的理想和抱负
直接铺陈在枝头。满腹的锦纶
由自己大声地朗读

这是何等的自信，像当年的药王
毫不理会山中长长的寂寞
遍尝百药，寻找治病的良方

站在其侧，微感山中尚存的寒意
落满花瓣的石径上，一位药农自山上负笈而下
言"辛夷花，祛风、通窍。治鼻渊。阴虚火旺者忌服"

1974 年印象

雷电鞭打的七月
芦苇如同谎言
毫无节制地生长
白玉无瑕的采桑女儿
即将远嫁他乡
迎亲的船队
与运送邮件的客船
被上涨的河水阻隔
湿滑的码头上
小水妖气绝而亡
在这悲悯的时刻
我多想走进暴风雨
成为灾难中清唱的青蛙

河水退去的当天
富贝河像个失神的老人
坐在河边的酒馆里打盹

而街上的人们
重新集结
如同一群鲜活的鱼儿
贫乏仍是此刻的中心
玩滑轮车的少年
翩翩滑过空荡荡的操场门口

出席假面舞会的歌王
尚未归来
风雨骤息处
真理的面影
一晃而过

第六辑

短歌行

赞　美

风吹着，吹着，麦子就怀孕了
雨下着，下着，花就忧郁了
河边的柳树，春天一到，就开始发芽
就想说出所有的赞美

风的脚步

我慢慢地走，你默默地吹

我们并肩走在阳光下

你是否因此而昏眩

故意放慢了脚步，停在门外的树梢上

三　月

清晨，李白大道红绿灯路口
春风吹着等候的人们
挑担的菜农，学生，上班族，晨跑的人
他们和流浪狗，一起走过斑马线

乌　鸦

在山中，某个秘密的时辰
比如冬天或秋日的黄昏，乌鸦
出现在光秃的树枝或裸露的山崖上
威严如神派来的祭司，拒绝歌唱
但乌鸦还是乌鸦，在人世稍作停留
飞过诗歌的天空，隐入山林

野　草

起风了

悲悯的人，听见野草的呐喊

它们有一颗摇滚的心

这也是我们，一次次贴近大地倾听的原因

在旷野，在山坡

每一株野草，都有平凡而潦草的一生

晨　曲

最先听见的是鸡叫
接着是后山的鸟鸣
再后来是隔壁的咳嗽声
马桶的冲水声
小孩的哭闹声
……
最后在一辆早班车的喇叭声中
一脚踢开被子
卷入生活的漩涡

观蚁记

两只蚂蚁，一起扛着
今天的猎物，一只白色的米虫
穿过夏日，长长的正午
走在回家的路上
它们卑微，如常年在小区
捡垃圾的夫妻
我不知道，蚂蚁的城堡
如城郊的出租房，是否供奉着
泥菩萨，但我知道
每对贫贱的夫妻
拥有着安贫乐道的美德

雨　天

下了半天的雨

终于停止

鸟鸣重新升起

午睡的时候

觉得雨会下一整天

一觉醒来

阳光灿烂

世界焕然一新

我的女人

从树影下走进室内

好像刚从我的梦中

走出来

周　末

气温不冷不热

有阳光，有微风

在家里

看看书，听听音乐

再做几个菜

小酌一杯

烦恼的事

被抛到一米开外

晚上，出门去散步

不小心

我又踩着了它

太阳照在江彰大地

一枚鲜红的浆果

从大地隆起的山峰间

呼之欲出，挑逗着

一个女人的味蕾和一个男人的情欲

像我一样的男人

一个男人
口袋里藏有
雷电
现在他坐在
开往故乡的火车上
忘记了歌唱

离一首诗的距离

回家路上
遇到堵车
其实到家
只差两分钟的车程
刚好是我
离一首诗的距离

立 春

今天，我什么也不说
一个人读书，一个人观赏
你在叶尖上的舞蹈

今天，我什么也不说
一个人饮酒，一个人在纸上记下
你的温暖

山间笔记

在山下，遇见两只蝴蝶
像一对恋人，难分难舍，远远地落在我的身后
通往山顶的石阶上，一株紫藤
像一名僧人，一点点向山上的寺庙爬去

中年书

雨总会在季节开始或结束的时候

落下来，仿佛一个人的忧伤

猝不及防

但经过一个漫长的雨季

我已学会从容穿过

铺满落叶的街道

将一个季节的悲喜

置之身外

爬　山

山坡上

桃红柳绿

人比桃花肥

一路上

不断有人打探

春的来路

女人们

随手一指

"正沿着山路

一步一步

爬上山顶"

梦中的朋友

昨夜，梦见
一位朋友
伤害了一位女孩
今天，在超市
与朋友不期而遇
他一身正气
彬彬有礼
我犹豫着
要不要
跟他握手

秋天的周围

江水中，有个秋天

我的诗篇中

也有一个秋天

把诗撕碎，抛进江中

顷刻间，十二条鱼四散而去

然后，又慢慢聚拢在破碎的秋天周围

王　维

爬上屋顶看星星的猫

沉沉睡去，全然不知身在何处

月光从树枝上，溜下来

惊起蛙声一片

一个叫王维的古代诗人

在月光中，越走越远

稻草人

稻子熟了
山里的农民忙着收割
风，吹啊吹
吹出稻草人兵荒马乱的内心
而路边的野花，对稻草人说
"快醒醒吧，来田里
做一个真实的劳动者"

煮酒论英雄

打开啤酒

倒入茶壶

依次放入大枣、枸杞和冰糖

置于灶上

文火煮开

各路英雄好汉

策马扬鞭

扬起一路烟尘

迷蒙了我的眼睛

车过曲阜

太快了

还没看清

孔子家乡的面貌

车就过了曲阜

车辆内

大多数

是圣贤乡党

操一口纯正的

山东方言

一路上

我全当《论语》听

角 色

红头发，绿头发

漫画中的

少男少女

在我面前

跑来跑去

她们太年轻

跑得飞快

不一会

就跑出了

我的生活

纸上谈兵

我的思想
陷入泥淖
束手就擒时
一只彩色
甲壳虫
空降在纸上
仿佛是上帝
派来的救兵

桂 花

秋风起，桂花落

我的女人

慢慢收集

酿酒，做桂花糕

而我想用落下的金屑

修饰我的文字

昆虫的晚课

夜凉如水

昆虫推开

秋天的大门

坐在黑沉沉的大地上

一遍遍歌唱

直到天明

这些简单而重复的声音

仿佛是秋虫的祷告

在路上

那些羊儿

放养在草场

风一吹

就能看见它们

或如乡下的亲戚

生活在山里

与白云和溪水为伍

如果哪天

它们出现在城市

一定在去往

屠宰场的路上

我所仅见

让风猛烈些，吹得彻底些
吹去积尘，吹去疼痛
让风再吹得低些
吹破一池碧水，吹出人世草木般的纹理
唇红齿白，儿女情长

踏 青

桃红柳绿

人间正是四月天

美人归来

陌上小妖

捉是不捉?

江水不语

青山亦厌予酬答

微 风

一片羽毛，掉在了地上
那是今夜的月光。而夏夜的风
像有羞怯之心的女人
默默跟在身后
想要告诉我什么，却难以开口

雨

雨，落在纸外
潮湿的声音
一直回响在青蛙语焉不详的喉咙里
仿佛一群人在黑暗中抗议

最后，雨落在了纸上
成为今日头条

在古镇

每条街道都有一张古老的面孔
没有人能将它唤醒

河上扑面而来湿漉漉的乡愁
风也吹不散

发　现

黄昏中，一只蜥蜴
坐在戈壁滩的一块岩石上
夕阳将它镀成了金色
孤独的样子，好像它坐在地球的中心

起风了

山坡上的庄稼
准备好了嘴巴
开始说话

舞　步

音乐响起，帷幕徐徐拉开
众多鸟儿，站在林中
大声唱和

那些蜜蜂，从冬天
迁徙而至的外乡人，在花房中
反复练习着舞步

秘　密

与伟大的灵魂，交谈
如同遥望银河中闪闪发光的星辰
即使在深夜，也要关上窗帘
我担心，天光会泄露
我们之间的秘密

跑步的姿势

一树的蔷薇花

在风中微微颤动

我想起

你年轻时

跑步的姿势

也是这么美

那年傍晚

傍晚，一缕炊烟
自林中升起
庄严而神圣
那时，年轻的我们
坐在山坡上，不说话
像夕光里
相互依偎的植物
渴望着，彼此覆盖

谁家的旧衣衫，挂在窗口

九月，秋水渐长
谁家的旧衣衫
挂在窗口
遮住一抹秋色

麻雀在唱歌
蚂蚁在劳动
怀抱爱情的人
在桂花的香气中迷失

花　园

一群女孩坐在花园里，窃窃私语

满眼都是她们年轻的影子

粉的是茶花，白的是梨花，红的是海棠

还有一些，我叫不出名字

她们有她们的欢愉

我有我的迷失

在俗世，人比桃花更美

秋　歌

灯光暗下来
偌大的舞台，略显空旷
你深深地弯下腰
露出荒芜的头顶

这个夏天

谁偷取了野玫瑰的花期

谁阻断了蜗牛夏日的旅行

这个夏天，有人失眠，有人忧伤

而一枚蝉壳，像禁欲主义者的外衣

在晨光中闪耀

火 柴

夏夜，独坐。听见火柴

划燃的声音。孤寂、短暂，还有一点小小的暴力

仿佛少年的一次恋爱，没有学会表达，已陷入更深的迷惘

第七辑

往事如风

诺　言

一阵风，一阵雨

雨过天晴就大了

长成现在这个模样

忙忙碌碌过日子

每当夜晚闲散下来

望着墙上用旧的书包

听到悦耳的童音

在屋里回旋

灵魂怒放如兰

黑暗中明明灭灭

我很惊讶

少时许下的诺言

很大很圆

恰似窗前一方明月

照彻人生一角

古老集市

松果落在坡上，多么随意
鸽子飞过天空的影子，多么安详
众多事物中，我的心如江水一般澄明

从山顶往下看，能看见的事物
越来越少，更多的被遮蔽
神秘而不为所知

无数的信众在祈祷，在寺庙入口
我听见麦子们的低语
仿佛孩童们在小声合唱

此刻已黄昏，太阳用尽最后一枚金币
满面春风的人民，陆续走出
寺庙，这深山中的古老集市

佛山印象

刚下火车，就被黄飞鸿的无影脚
从秋天踢回夏天

热气腾腾的城市
遍布火辣的湘菜馆和川菜馆
扛着家乡味道在异乡打工的年轻人
学会了嚼食槟榔，像一条条咸鱼
在深夜的洗浴中心和歌厅游来游去
等待翻身的机会
而那位在宾馆门口发呆的中年人
多像我失散许多年的诗友
如果他还在此生活，应该事业有成

在佛山，我不会想得更多
但不知怎么，想到了遥远的佛罗里达

清明景象

清明，阳光明媚
低低的尘世里，我晾晒棉被，清理暗藏的寒冷

但我的思念是冷的
我的内心一定下着雨，吹着风

薄薄的风里，一定藏了把刀
陈年的叶子，砍落了一地

还藏有一架扶梯，不断有嫩叶
从罗汉寺内的树枝上爬出来，它们有着一张张相似的面孔

新春的想法

正月初一，阳光热烈

从冬天里来的人

——领受太阳

无所不在的恩赐

去到乡下，一方池塘，几间茅舍

不见鸡鸭，但闻鸟鸣于竹林

数一数，刚好七只

粗衣褴褛，像留守的老头

蹲在门后的山坡上，商议农事

立春已过，万物开始复苏

承包果园的陕西商人

与他教授瑜伽的妻子

复活归隐乡间的梦

我也开始描摹新年的规划

或放浪形骸，或寄情山水

回家的时候，这些想法

被风一吹，也就散了

一个人的世界杯

同事看球喜欢聚众

边喝酒，边呐喊

投入程度

不亚于场上队员

而我拒绝

参加的理由

也有球场那么大

这个世界足够拥挤

请留下我

享受一个人的世界杯

屏幕中的世界杯

踢得再热闹

也不可能踢出

人世间的精彩与悲壮

慢 的

风是慢的
天上的白云是慢的
民谣中传唱的生活是慢的
在大理，一切事物都是慢的

最慢的是蚂蚁
大地的哑巴
用弱小的身躯
驮来了生命不可承受的暮色

现在已是子夜
它们与在酒吧驻唱的盲人歌手
扛着月色
一起慢慢走在回家的路上

猪　年

非洲猪瘟刚过

就迎来猪年

这年过的

有意思

一辆满载猪的货车

狂奔在

古城的路上

此刻，尚在新年

在此，祝福

属猪的朋友

身体健康，事业发达

祝愿每只猪

继续

肥头大耳

夏　日

她走向走廊的尽头

所有的光线，从窗外涌进来

像她的孩子，围绕在身旁

薄薄的纱裙下，散发着

母性光辉的胴体，隐约可见

两只鸟，被吸引

落在窗台上，蹦蹦跳跳

恍如他年少时的样子

他恍惚回到了童年

日月，山丘

星光，虫鸣

一种久违的幸福

从心底升起

突然间想起某个夏夜

也是这般静谧

母亲呼喊着他的名字

而他坐在弄堂口，听孔先生讲《西厢记》
阵阵微风吹来，一地月光，一地蛙鸣

一条鱼的绝望

当鱼离开河面的时候
内心一定充满了悔意

水桶里的天空狭窄而遥远
鱼一次次跃起，为了重新投入河里

腾空的姿态
像一个人在跳水，更像一道闪电

激起一地水渍
惊醒了自己，优美的弧线竟成穷途末路

现在鱼静静地躺在水泥地上
告诉人们，一条鱼的绝望

2020 年的春天

立春了

园子里的鸟鸣

多了起来

而马路上的行人

依然稀少

经历了一个寒冬的

树枝还没有到发芽的时候

我知道

那些空出的地方

在等待

等待一个属于武汉的春天

春江水

囚禁的江水，波澜不兴，江上游弋的两只野鸭子
像被人丢弃的鞋子，漂浮在水面

没有人凭栏，也没有人拍遍栏杆
电站庞大身躯的背后，依稀看到春天一角

石砌的栏杆上刻着《送汪伦》，涪江边上
只见杨柳依依，不见桃花

罗汉寺

正月十五，鞭炮的潮水

从西山脚下，一直蔓延到了寺内

上山的路上，香客如落叶一样拥挤

油菜花却不管不顾，开到了半山腰

蜜蜂飞得更高，对它们而言

每朵花都是一座寺庙

现在，听见的全是

诵经声

下雪天

雪在窗外，轻盈地飞舞
孩子们小声呼喊着，她们洁白的名字
我告诉孩子们，再下一两天
大山里的积雪，会很深
脚踩上去，发出很好叫的声音

孩子们望着窗外，盼望着
雪下得再大些。他们不知道
住在山里的人，正期盼着
天能转晴，再持续一两天
出门打工或上学的路，就要封了

静极了

静极了。

一杯茶，一本书，一个人。

那只在树林间穿梭的鸟

一定看见了我，像羞涩少年

停止了歌唱。我打开门

风猫着腰进来，随意翻阅

来不及整理的书稿

现在，没有人会责备我的懈怠

一切不如意都离我而去

现在，我甚至忽略了树上的那只鸟

它与我一样，一动不动

沉浸在回忆中

体育公园

少年在运动场上，练习投篮
一次又一次，将球投进了篮筐
最后一次，他远远地瞄准了夕阳
那个红色的火球，意外地
滚落在西山脚下
点燃了万家灯火

一位花粉过敏者的告白

这么多的人，从桃树下走过

为了寻找一张张熟悉的面孔

那些桃花，刚从《诗经》中走出

忙着与亲人们相认，我试着从诗歌的后山上去

她们却在山坡上，拦住我

打开锦囊，巧施美人计

这些小美人将花粉扑我一身，认我做父亲

我坐在风中，听凭她们摆布

像一位羸弱而幸福的父亲，涕泪交流

两只在桃树上的鸟儿

叽叽喳喳，一直在嘲笑我

你想的雪

你想的雪，没有下
沙尘暴却扑面而来
一年将尽，我所在的城市
张灯结彩，太阳灰头土脸
春天如回乡的民工，还在路上
湿地公园的芦苇，模仿流水的笔迹
潦草地书写着自己的姓名
在冬天，三岔河的水日渐枯竭
柳树上的叶子所剩无几
我所祈求拥有的东西，也越来越少

往事如风

野草的根茎如我杂乱的胡须
蔓延到冬天的唇边
扎得你生疼

山坡上，一只害羞的蝴蝶
与你一样，披着霞光的碎花衣
飞奔着下山

黄昏的云彩，一条老旧的丝巾
忘在了西山上
让你心痛多年

依 靠

傍晚时分，沿着江边，我模仿流水的姿势
一点点退到黑暗里，将星光指给你
而你无法看清我内心的山山水水
你希望我是一尾鱼，游到时间的尽头，让时光倒流
或者成为风，吹遍你并不丰饶的土地，让四季喧哗
你的愿望，一点也不高
但我一直想告诉你，亲爱的
我只是对岸风景里，一棵慢慢老去的树
在你疲惫的时候，给你依靠

中国式老妪

自南宁上车
六名老太太好像把音箱
搬上了动车

见过大场面的老妪
她们一边吃泡面
一边口述个人史

她们不知疲倦
手机放着广场舞音乐
在座位上照样扭动腰肢

她们重庆站下车后
车厢内
好像在唱一曲空城计

立秋之日

出发时，尚是夏日
今日归来，已见秋天

两个小孩，在车厢结合部
齐声合唱"小兔子乖乖，把门开开"

仿佛真有一千只一万只兔子
拼命奔跑着，进入秋天

礼 物

劳动节
明月岛公园
密密麻麻都是人
平日在此栖息的白鹭
不见踪影
也许，喜欢修女一般
生活的她们
悄悄回到了乡下
听说那里的樱桃
熟了
而最大最红的一颗
太阳，是送给
村庄最美的礼物

桃花记

春风引路，诸神归位

桃花坐在山坡上，如盛年的女人

炙热而波澜不惊

蝌蚪以水为镜，整衣冠

像乡村少年，在水草下熟睡

现在，他看不见桃花，她们也假装看不见他

九点的大街

上午九点的大街，行人稀少

街道的一半，被阳光照亮

另一半还沉浸在昨夜的往事

我坐在步行街巷口的鞋摊擦鞋

邻座是个女人，上身穿黑色大衣

下身着短裙和肉色丝袜，足蹬靴子

长发卷曲而松散地遮住了半张脸

看不见她的脸，也无从判断她的年纪

那丝袜隐隐透出的小腿

让我感觉到春天已经来到我与她之间

街道半明半阴，仿佛是为我和这个陌生女人设置的场景

在我低头看鞋时，她悄悄地打量我

迎着她的目光，看见三月树枝上绽放的新绿

她的微笑如李白大道两旁盛开的油菜花

在春风中慢慢地摇曳。她站起身

微微地颔首，然后消失在巷口

留下一抹淡淡的花香

一只麻雀，站在洗脚房门口的石像上
像在忏悔

风吹着

——5·12 汶川大地震周年祭

风吹着，吹过记忆中的村庄
白发苍苍的父母怀抱种子，欲哭无泪
只有布谷鸟一声声叫唤着远去的亲人

风吹着，吹过废墟，轻轻抚慰那些消逝的灵魂
那个喂养我们长大的人
掠走了家园和灯火

风吹着，吹过锈熟的麦田
发出的簌簌声响，仿佛是我
素昧平生的兄弟姐妹在诉说未竟的心愿

风吹着，不停地吹着
请原谅我最后的悲伤，像一只蝴蝶在一枚花瓣后面悄悄把同
胞惦念

清晨，一只鸟

清晨，一只鸟

在窗前鸣叫

我习惯

在这声音中

放下所有的戒备和虚荣

度过难得的好时光

她不是我第一次遇见的那只

像失散多年的女友

不停地在树上蹦跳

呼唤

春天叙事曲

有一张老式藤椅
光影在上面慢慢移动
有一个女主角
身线清晰，可亲可敬
还有一段故事
却始终没有发生

滑过耳际的鸟鸣
也是一种爱

一 天

入春以来

仅有的好天气

下午友人来访

沏上一杯茶

读书等待

阳光干净

白云静止

生活何其简单

园中花草

同我一样

倍感幸福

隔壁游戏的孩童

朝我看看

没有言语

在春天，他是多么自由

这时，25 路公交车恰好

停靠站台

从上面下来两个人
默默走在阳光里
不一会，听见有人敲门
声音听起来有些虚幻

飞机飞过头顶

上午九点，飞机从头顶飞过

像一只大鸟

它慢慢飞过即将竣工的涪江三桥

那些身着迷彩服的援建者

那些异乡人

正在忙碌，他们没有抬起头来看天

我从他们身边走过

莫名想起一位友人

此刻，他独自坐上西行的火车

像一朵白云

消失在他所热爱的城市

访老君山

一条路通向矿区，另一条通往藏王寨

云雾漂浮在山中，隐约听见山涧的水声和鸟鸣

半山腰上有人家，几个孩子从坡上下来

嬉笑声像松果滚落山底，被松鼠捡拾回家

几辆停在山脚下的汽车，在草木和石头包围下

失去了逼人的金属光芒。寂静在降落

山风持续送来寒意，仿佛那个曾经躲藏在此皇帝的目光

小女孩却全然不顾，坐在一旁

偎着炭火，读书、指点路线

那条年久失修的运硝古道，隐身在丛林中

我不能走得更远，站在半山上

身前是传说，身后是陡峭的山壁

身旁的全是我的亲人

又是一场春雨

今天，又是一场春雨
气温略降，树依然没有发芽
从山里出来的农民
说着高山顶上堆积的雪花

一把把遮阳伞如一朵朵蘑菇，盛开在昌明河畔
遮蔽着产业工人、失地农民、无业游民
诗人、画家、官人、商人
不论春夏秋冬，他们
在此，纵论古今，谈天说地
消磨好时光

今天，又是一场春雨
昌明河里的鸭子
不知游到哪里去了

在岛上，失眠是一种幸福

在岛上，拥着波涛而眠
所有的梦境
都被打开，没有人酣然入睡
大海，一本蓝色的书籍
在月亮的照耀下
被我一遍遍翻阅
有人读出声来
动情处的一声叹息
让整个岛屿漂浮了起来

今夜，在鼓浪屿

今夜，在鼓浪屿

想起母亲

想起她短暂而操劳的一生

没有什么

比此刻更持久

旅舍外面，漆黑一片

看不见大海

只听见阵阵潮汐声

像母亲在讲述

一个个故事

他像个孩子

记不清这是夏日的第几场雨，雨水落在树叶上
又跳到地面，在草丛里，藏起来
几块从江边带回的鹅卵石，被雨水冲刷得干干净净
露出圆滑的面孔。无花果，落了一地，在闪电和雨水中腐烂

关闭门窗，在室内踱步
雨水暂时浇灭了夏天的火焰和内心的欲望
他无端地着急，想起一位自愿去边缘山区支教的同学
人到中年，依然有一颗赤子之心

他重新审视自己，却无法克制伤感
打开自家酿造的葡萄酒，喝起来，甚至网购一件秋衣
想到收到快递时，自己已生活在另一个季节
他像个孩子快乐地唱起歌来

一个人的现实

大雨下了近一个小时，才听见了雷声
有没有人去倾听，一个人的愤怒
在一个人的现实中，只有凌乱的头发和打湿的衣衫
或许还有一片树叶小小的遗憾和叹息

一个小时，可以是盛夏溃败的前奏
也可以是一次下午茶
慢下来，把个人恩怨放在一边
将指间的火焰掐灭

学会宽容和平静
如果爱上云雾中缥缈的山水是一种胸怀
流浪的心，该如何在漫长的雨季
找到属于自己的位置

大雨中，我见证了一个季节的衰老
像一棵树，听从命运的安排

伸开绿色的双手，接住雨水
一遍遍擦洗身体

在青莲

青莲的文昌宫里

供着一尊菩萨，香火挺盛

一群老妪围在菩萨身前忙碌

烧香，磕头，念念有词

虽已八月，坝子里的两棵桂花树

还没有开花，投下的影子

连接着一间老年活动室

十几张方桌，清一色围坐着老头

抽烟，喝茶，吹牛皮，玩纸牌

声音此起彼伏，远远盖过传来的诵经声

再往外面是车水马龙的街道

嘈杂，混乱，时尚，空旷

他们或她们的子女，在这里

谈情说爱，娶妻生子

幸福或不幸福地过日子

在青莲，生活如行云流水

无边无界，有大同，也有小异

南京的春天

南京的春天

比四川要晚些

酒店花园里的

桃花，广月兰，梨花，杏花

千姿百态，盛极一时

而那一树

叫不上名字

米黄色的小碎花

静静开在花园的一角

我从树下走过

不小心碰到枝头

惹得她们不住地颤抖

隔夜的雨水

纷纷从枝头滴落

在洱海边，接受一只白鹭的教育

做个洱海边的渔夫吧
着一叶扁舟，以打鱼为生
或者回到乡下，做个农夫
牵一匹阳光的瘦马，走在田间的小路

在洱海边洗濯的白鹭，一位长腿的白衣女子
喉咙里藏有一架风琴
我与她对视良久
看出我内心的贫穷与惊慌

她操着温润的方言，劝慰我
"现在，先忘记自己
向白云学习，向石头致敬
做一个物质短暂的情人"

注：“做一个物质短暂的情人”语出海子的诗歌。

第八辑

有阳光的下午

奏鸣曲

1

整个下午，我与麦子
并肩坐在春天的田埂上
风吹过来，并不猛烈
我们窃窃私语，相互致意
仿佛它们等我已多年

2

就这样，我无意解开了
季节衣襟上的四粒扣子
春、夏、秋、冬
看见了岁月的凡体肉胎

3

去年的此刻，我在去往大理的路上
今年，哪儿都不去
在新的节气里，守候一个好天气，一份好心情
或者在诗歌的街道，遇见一两个好兄弟

4

在春日，适宜一个人听广播
一个人坐在石头上
听一个女人的叙述
声音不紧不慢，如雪花纷扬
很快掩去了归途

5

踏春归来，读旧书
陌上草色青青，书中的故人
行色也匆匆
我执意骑马去宋朝的街市
与书中人痛痛快快地对饮

不醉不归

6

庭院内，除了你和一只鸟
没有其他人，鸟在树上唱歌
你在树下清扫
夜晚的时候，鸟儿藏了起来
你坐在黑暗里，给远方的朋友写信
告诉他这里少有的好天气
月光从窗口倾倒下来，落了你一身

7

起风了，寺中的金桂不言语
不会说出人世间的悲喜
而鸟儿用尽力气发出的鸣叫
被风轻轻吹落
掉在小沙弥的手心里
一合掌，不见了

8

雨下得正是时候

雨中有一颗英雄的心，一颗少女的心

还有我草芥一般的心

是时候了，我听到了无数颗心在雨中跳动的声音

9

再过些时候，从柳树枝上走出

众多的小妖精

她们映着湖水，梳妆打扮，风情万种

但现在什么也没有发生

只有风在无聊地吹着口哨

10

黄昏，山村静穆

两个老人，各自牵着一头牛

缓缓从山坡上下来

身后拖着一个巨大的落日

不久，月亮从他们消失的林子中升起

醉

1

这杯中之物，让我放下
放下爱恨情仇，沿着河流的方向
找寻一颗飞翔的子弹

2

杯中的月光，照耀
镜中的故乡，我仔细辨认
属于童年的苜蓿花

3

在隐秘的开阔地，循着水流的声音
我卸下骨头和器官，成为夜色中

迎风摇曳的一束麦子

4

风吹麦浪，我的肤色
多么可疑，没有人能阻挡
我内心山河的沦陷

5

血流的速度，会快于身边流动的河水
而我的思想，比稻草
慢了一个季节

6

透支的词语，像一堆鹅卵石
滚满河滩，我的表达
难以企及你的彼岸

7

往东十里，是书的最后一页
河水在此，汇入江中
掉头而去

四季歌

1

春天了，河边上的
人越来越多
仿佛他们从未离开

喝茶、打牌
叙旧、散步

2

我对事物有着明显的好恶
春夏秋冬
四季分明

3

山中
他种萝卜白菜
她喂鸡养鱼

桃红柳绿
各有所爱

4

秋天深了
大地袒露母性的胸怀

村庄，在她怀中
安静
睡去

5

滑雪的人
来了又走

像一群候鸟

山中
拥有了往日的宁静

6

把手机调成静音
瞬间，我与冬天
处在了同一个频率

我怀念夏天

7

那个吝啬的人
是时间的穷亲戚
他偷走了
你的童年
我的青春

一个人的记忆

1

河湘桥，一座桥，一个地名
槐树的影子，落在水上
像一群孩童在游泳
空空荡荡的码头上
只有一个人在等待

2

阳光拍打的大地
时间的豹子，闪着金色的光芒
石头在燃烧
一群鸭子，游过窄窄河道
一支被遗忘了的小小船队

3

水蜜桃，夏日里的新娘
安静地坐在八月的门槛上
喜悦和不安
谁来安慰
知了的絮语，隔着山山水水

4

月亮围着面纱
从水井上空升起
记忆之门慢慢打开
我却从另一个门
走近已经变得遥远的出生地

5

喜鹊在舞蹈
小酒馆里坐着的那个人
不是你，也不是我

是这个夏天

最后的倾听者

山居笔记

1

野蔷薇，在崖壁上
开得如火如荼
我担心
她们会一路追随
开到梦里来

2

我看野蔷薇
如雾里看花
她们看我
亦复是

3

左边是江水，右边是山体
过了林家坝隧道
右边是江水，左边是山体
过了江油关，又复从前
如此往复
生活不知不觉
拐了几个弯

4

江的上游
密布着一座座电站
白马人说，那里囚禁着
一千只一万只雪豹
身处江的下游
听不到江水
轰鸣的声音
我视它们如小溪

5

淘金船，筛沙机，洗沙设备
弃置在江边
太阳为它们镀上一层
后工业时代的颜色

6

雾，云的表亲
我的近邻
过神仙日子
常常能看见
她亲切的模样

7

夏日晚上，邀二三朋友
去镇上喝酒
夸下的海口
风一吹，都散了

回来的路上

遇见提灯走路的萤火虫

别有一番情趣

8

读书，写作

是自己的事

暗自庆幸

在粗鄙的生活里

还没有活成

一个空心人

9

夜读《浮生六记》

独自忧国忧民

想念雪峰、刘强等

诗歌兄弟

10

山居的日子，开门见山
一朵云或一只鸟
将雨和我的问候
一起带到山外

忆母亲

一只空空的篮子，挂在春天低矮的屋檐下
薄薄的春风，吹开河流的身体
吹出油菜花一地的金黄
我年轻的母亲，在春风里，给一群鸡喂食
而我和弟弟，像风中恣意生长的小草，在田埂上与春天赛跑

曾经空空的篮子，而今装满了村庄的记忆
薄薄的春风，依然如从前一样
吹绿了江南，却吹不去一床旧棉絮中的疼痛
多少年，我远离乡村，不再关心鸡犬桑麻
一次次辜负春天的情意

今夜，西蜀大地，皓月当空
我却羞愧难当，春风呵
如果能原谅，请吹开我生锈的头颅
请允许我，取下横放在空中的月镰
做一个割草少年，割去母亲坟头疯长的孤独和忧虑

大理行

当无为寺的钟声，伴随着浩荡的春风
穿透唐杉千年的胸腔，是否有人
读懂了唐朝和尚的经文
当油菜花在苍山脚下，点亮万盏灯火
海鸥齐聚在洱海边，出席冬天最后的一场盛宴
月亮会不会因为我们的缺席而黯淡

不期而遇的雪，在山头挥别，依依不舍
分明听见马帮叮叮当当的声音，像海水一点点
漫延到梦里，春天啊
你要将雪水、茶叶和新娘的嫁妆，运往何处
当白云穿着异族的服装，跨过苍山的门槛
是否会同我们一样，献上古老的祝福

仗剑而行的侠客，回到古代
开了四百年的茶花，也会回到山中
而我们来到，停泊着游艇的码头

看渔夫着一叶扁舟，撒下渔网
将暮色中的苍茫和静谧，一网打尽
我们两手空空，却心怀感激

一个医生家属的告白

昨夜成都地震了

不知你感觉到没有？

自正月三十离开家

至今已有十天

没有见到你

我和儿子

都想你

我们在家一切都好

请放心

昨天，在报纸上

看到一张医护人员工作的新闻图片

虽然穿着防护服

看到的全是背影

但是，我和儿子

一眼就认出了你

你似乎更加瘦了

报纸上说你们医院的一名重症病人

脱离了危险

医护人员兴奋得有些失眠

其实，昨天晚上

我真是高兴得一夜未眠

时令已是二月

二月春风似剪刀

你种在盆里的花开了

只是燕子还没归来

亲爱的，等你凯旋

我一定带你和儿子

去山上看看桃花，听听鸟鸣

纸上的冬天

又是一年的冬天，没有雪
你说，没有雪的冬天，并不完美
那就让我在纸上，为你画一场大雪吧

皑皑的白雪，覆盖了村庄和城市
没有汽车，没有集市
只留下一条干净的小路，蜿蜒至春天的门口

再画下一盏灯火，一辆马车
最后，写下一段
托雪花捎给你的话
我不敢确定，给予你的
是否是你想要的

五　月

天气或冷或热

坐在客厅的沙发上

我们谈论疫情和困顿的生活

内心闪过一丝慌张与焦虑

窗外的枇杷树上

两只画眉在鸣叫，跳跃

忙着庆祝或是纪念

我们不说话

悄悄分享它们的喜悦

突然惭愧，我们的内心

竟不如两只鸟

从容，坚定

当我们来到院子

它们已不知去向

夕阳挂在枝头

好像是它们吃剩的

那棵枇杷

有阳光的下午

面对面，保持一杯
咖啡的距离
我们聊天
聊疫情，聊生活中
遇到的种种困顿
说到春天，公交车
就开了过来
我怀疑，那车是从你的
故事中驶来
最后，不可避免
谈起了诗歌
"还热爱吗？"
我笑而不语
这么好的天气
与一个美女
坐在街角的咖啡店

笑谈人生和理想

有些奢侈

见到大海

见到大海
人们争相合影
我见过大海
不愿落入俗套
一个人
站在礁石上
外表平静
内心汹涌
大海一眼看出
我的破绽
一个浪打来
将我扑倒海里
当我湿漉漉
爬回岸边
一个声音在说
"你的小心思
谁不知道"

饭　局

同习武女侠喝酒

与经商帅哥吃饭

有何不同

此刻已是饭点

先敬师太，再敬帅哥

师太抱拳，帅哥作揖

一招一式，犹如拳谱

熟读生意经的帅哥

在酒中打转转

不辨东西南北

师太口吐莲花

点到为止

去江湖已远

刀光剑影的日子

值得怀念

从此以后

跟习武之人吃饭

喝酒就是喝酒

千万不要谈生意

会飞的人

兄弟，借助飞机的羽翼

你成为候鸟

去到温暖的南方

你不自量力

脱下棉服

以为卸下翅膀

一个趔趄

跌倒海里

嘴里吐出一串串泡泡

像极了

一条假装失意

拼命对生活吐槽的金鱼

今天，正月初一

四川各地

艳阳高照

我龟缩家中

喝着你送的咖啡

看着视频

觉得你太搞笑

一场大雨

暴雨下在

中午时分

闪电劈开了白天

折断的树枝

露出夏日新鲜的骨头

但风雨没能阻断

蚂蚁小小的迎亲队伍

大雨之后

太阳照常升起

路人匆匆走过街头

消失于巷陌

好像赶赴一场盛宴

而我内心的河床

水位超过了警戒线

整个下午

我都忙着开闸

泄洪

在阿发家做客

你家屋子真豪华

装进了太多值钱的东西

你并不漂亮的妻子

身着迷你裙

在屋子里笨拙地

走来走去　很热情

墙上油画中的少女

忧郁地靠在琴旁

永远也走不下来

你的坐姿　很潇洒

不禁想起当年

你混迹街头的样子

多么可笑

家里的书架上摆满了各式书籍

你说这些高级饼干

是为儿子准备的

钱算什么东西

我想也是

但我想象不出

你没有钱会活得怎样

城市和乡下没什么两样

你不只说过一遍

阳光照在你过分激动的脸上

我真担心你会常常失眠

这时　我真想走上阳台

体验乡村阳台的视野

究竟有多开阔

阿发　阿发

你实在发的可以

只是走出宽敞的大门

发现你笔挺的西装

少了一颗

纽扣

诗人之爱

朋友都说

我该找女朋友了

我想是该找了

要求不高也不低

相貌不要紧差不多就行

可她必须会写诗起码喜欢读诗

我是诗人虽不出名

每天每夜要写诗

要是她读不懂我的诗

我情愿不找女朋友

我把诗写在背上背着诗走过马路

肯定有一天哪一位读懂了

不回头就知道她跟上了我

朋友们都说

我该找女朋友了

我说已经有了

她读完我的诗

就来找我

去结婚

境　界

雨天

由一阵熟悉的风的诱惑

你肯定会想起什么

你应该想到什么

一条曲曲折折的路

一个风尘仆仆的旅人

或许是一首无题的歌

你站立在这里

自诞生那天起

时间老去你也老去

而我确认你是先知

你曾是祖先辉煌业绩的见证

但你的沉默令我失望

拍拍你苍老的躯干

像拍拍多年未见朋友的肩膀

猜想逝去的岁月

你的思绪如何在枝头沸沸扬扬

又怎样埋藏内心直至终结

也许你仅仅是树

洒脱近乎麻木

而我不能按捺内心的骚动

或悲或喜

也许有一天你轰然倒下

心事袒露无余

我又该如何复述你的一生

台 风

台风来袭前

有的人

冲进超市

购买大量的水和面包

有的人

关好门窗

躲进深山

有一个人

非同寻常

买回一堆山竹

试图将飓风

消化在自己的肚子里